GÉNÉRALITÉS

SUR

LA GUYANE

Dᴿ SAGOT

Professeur d'Histoire naturelle à l'Ecole normale spéciale de Cluny.

GÉNÉRALITÉS

SUR

LA GUYANE

CONFIGURATION ET NATURE DU SOL — DISTRIBUTION

DES EAUX — VÉGÉTATION SAUVAGE.

CLUNY

IMPRIMERIE J.-M. DEMOULE, PLACE DE L'HOPITAL

1873.

GÉNÉRALITÉS SUR LA GUYANE

CLIMAT

Le climat de la Guyane est à peu près le climat commun de toutes les terres équatoriales ; il est très-chaud, très-uniforme et très-humide. Très-chaud, la température annuelle moyenne est de 27° 5 cent.; très-uniforme, le thermomètre ne varie guère que de 21° à 31°; très-humide, les pluies sont très-fréquentes et très-abondantes, et l'hygrométrie atmosphérique est énorme ; (nombre des jours de l'année où il pleut environ 250; hauteur annuelle de la pluie tombée 3, 5 mètres; hygromètrie moyenne environ 90°).

Rien n'y rappelle la révolution des saisons d'Europe, qui au voisinage du tropique se font encore un peu sentir. On ne distingue dans l'année que la saison sèche et la saison humide. La température des mois d'été dépasse à peine de 1° ou 2° celle de l'hiver, l'effet du soleil pendant la journée se compensant par le rayonnement de la nuit. Toute l'année l'air est chargé de beaucoup d'humidité latente, et quoiqu'elle soit un peu moindre pendant la sécheresse qu'à l'époque des pluies, elle y est encore très-considérable et bien plus forte que dans les pays tempérés.

Pendant sept ou huit mois il pleut tous les jours. Il y a quatre mois de sécheresse en été et, sur la fin de l'hiver, un mois ou six semaines de beau temps entre les pluies d'hiver et celles du printemps. Je n'ai pas besoin de rappeler que toute l'année les jours sont sensiblement égaux aux nuits et que le soleil qui, deux fois l'an, vers les équinoxes, passe au zénith, s'élève toujours très-haut dans le ciel.

Le climat de la Guyane n'est pas très-lumineux, en raison du nombre considérable des jours couverts et nuageux, et de la vapeur qui, dans les beaux jours, voile plus ou moins la clarté du ciel au milieu de la journée, de dix heures à deux heures.

Le tableau ci-joint donnera en quelques lignes une idée du cours de l'année.

Novembre, retour des pluies, mélange de pluies modérées et de beau temps ; *Décembre, Janvier et Février, pluies d'hiver ;* pluies presque journalières ; quelques jours de beau soleil ; jours mêlés de pluie et de soleil assez nombreux.

Mars, petit été ; six semaines environ de beau temps mêlé de quelques averses ; allant le plus ordinairement de mi-février jusqu'au commencement d'avril.

Avril, Mai, Juin ; pluies de printemps, plus abondantes encore que celles de l'hiver ; maximum des pluies en mai. Pluies journalières, ciel le plus souvent voilé de nuages.

Juillet continuation des pluies, mais mélange de jours sereins. *Août, Septembre, Octobre. — Saison sèche ou grand été.* Beau temps, ciel clair quoique souvent traversé par des nuages ; vapeur demi-transparente voilant le ciel au milieu de la journée : quelques petites averses.

Le climat de Cayenne est plus pluvieux que celui des Antilles et surtout des grandes Antilles ; plus pluvieux que celui des provinces méridionales et centrales du Brésil. Le climat des plaines de l'Inde, comparé à lui, est sec. Celui de la presqu'île de Malacca et des grandes îles de l'Archipel indien, quoique présentant des pluies abondantes et fréquentes, présente aussi, je suppose, une plus forte proportion de jours sereins intercalés entre les averses.

Il est à peine nécessaire de faire remarquer que le climat équatorial diffère profondément des mois les plus chauds de l'été d'Europe ; qu'il me suffise de rapprocher quelques chiffres : la température moyenne de Juillet à Paris est de 19°

cent.; la moyenne annuelle de Cayenne est de 27° 5; l'hygrométrie moyenne de l'été est, à Paris, de 67°; celle de
Cayenne, même dans les mois plus secs, doit être au moins
de 80°.

Sous l'influence de ce climat équatorial si spécial, la nature
offre de nouvelles productions inconnues aux pays tempérés;
mais elle exclut les végétaux du nord. C'est donc pour
l'agriculture une physionomie toute nouvelle; ce sont d'autres
plantes alimentaires et industrielles; ce sont des conditions
tout à fait différentes et bien moins favorables pour l'entretien des animaux; c'est une révolution complète de procédés agricoles.

Nous pouvons considérer comme les conséquences les plus
générales de cette température élevée et humide:

La puissante végétation sauvage de la Guyane et son caractère généralement arborescent, qui fait que le pays est en
quelque sorte une forêt;

L'emploi de plantes utiles en majeure partie herbacées-
vivaces ou suffrutescentes, souvent arborescentes, toujours
plus élevées que celles que les régions tempérées emploient
dans la culture ;

Le caractère d'activité incessante et non interrompue de
la végétation, qui entraine le défaut de simultanéité des récoltes, (l'uniformité et l'humidité du climat excluant cette
maturation simultanée des fruits, cette régularité de périodes
de végétation, qui, en Europe, permettent des procédés si
expéditifs de semis et de récolte);

Le caractère marécageux des terres d'alluvion;

Le rapide épuisement des terres, qui incessamment lavées
par d'énormes pluies et soumises à une haute température
perpétuelle, perdent promptement leur humus et leurs principes fertilisants ;

L'abondance extrême des insectes et les graves dommages
qu'ils causent, soit en attaquant les plantes vivantes, soit en
détruisant les produits emmagasinés;

L'affaiblissement et l'entretien difficile du bétail ;

L'affaiblissement inévitable de la vigueur et de la santé des hommes de race blanche, soit qu'ils soient venus d'Europe, soit qu'ils soient nés sur les lieux. D'où la nécessité de confier le travail manuel à la race noire, qui n'a ni l'activité intelligente, ni le génie agricole prévoyant et méthodique de la race européenne.

J'estime que la somme annuelle de la végétation à la Guyane est environ quatre fois celle d'Europe. Ainsi si l'on pouvait sommer la quantité annuelle de matière végétale produite par les arbres des forêts, l'herbe des savanes et les cultures, on arriverait à quatre fois ce que le climat et le sol d'Europe peuvent donner. Sous l'influence de pluies incessantes, la terre n'offre nulle part à Cayenne cette nudité qu'on observe en France sur les sables arides, ou sur les pentes sèches et pierreuses. Il faut dire d'autre part que dans le parallèle des bonnes terres et des plantes nutritives et utiles, l'inégalité entre les pays tempérés et les contrées équatoriales est bien moindre. Les bons sols bien cultivés donnent, dans le Nord, des produits qui, considérés en eux-mêmes et dégagés du prix vénal, sont peu ou point inférieur à ce qu'on obtient sous l'équateur d'une terre de même qualité et de mêmes soins de culture. Il faut dire encore que si la terre, en général, rapporte plus abondamment sous l'équateur, les productions végétales qu'elle fournit sont d'une valeur alimentaire moindre. Les racines farineuses, les bananes, le riz et les fruits des pays chauds, sont loin d'avoir la même valeur nutritive que les céréales, les racines et les légumes d'Europe. Ce n'est pas un simple caprice de sensualité, c'est un besoin réel qui, aux colonies, fait demander pour la nourriture de la population blanche tant de denrées européennes; ceux qui en sont privés en ressentent dans leur santé un effet fâcheux.

Mais reprenons la description des saisons :

Les pluies commencent en novembre, précédées et accompagnées de quelques orages d'une faible intensité. Séparées d'abord par des intervalles de beau temps, elles deviennent graduellement plus abondantes et plus journalières. C'est l'époque où les terres nouvellement défrichées se plantent, et où la végétation dans les cultures s'accomplit avec le plus de vigueur. Les pluies d'automne sont à la Guyane l'ouverture de l'année agricole; c'est de cette saison qu'on peut dire avec le poète :

.... Tument terræ et genitalia semina poscunt.

Effectivement le sol fertilisé par la sécheresse de l'été, sous l'influence d'une humectation modérée, fournit aux racines des matériaux nutritifs plus abondants; l'heureuse combinaison de pluies suffisantes et de journées de beau soleil assure à la végétation les conditions météorologiques d'un beau développement. C'est à cette saison que le maïs se sème avec avantage dans les nouveaux défrichés des terres hautes; c'est à cette saison que le manioc et la canne, qui peuvent se planter presqu'en toute saison, se plantent cependant avec le plus de profit.

Les mois de janvier et de février offrent le plus souvent des pluies journalières. En mars vient l'éclaircie qu'on appelle petit été, ou en créole *beau temps-carême*, c'est une période de six semaines environ de beau soleil qui vient le plus souvent en mars, quelquefois en février ou en avril; elle n'exclut pas quelques pluies mêlées aux jours sereins et ne se termine pas si brusquement, que, lorsque les pluies reprennent avec force, elle ne laissent pas briller encore quelques beaux jours. L'hiver est favorable à la végétation à la Guyane; on y redoute cependant les vents de nord-est, qui ont une influence pernicieuse sur quelques plantes et font tomber quelquefois une partie des fleurs. Quelquefois l'hiver est trop sec, plus souvent il est trop pluvieux. Les pluies trop abondantes et surtout trop précoces portent un préjudice grave à la culture; elles gênent la terminaison des abattis, et les travaux de dessèchement; elles nuisent aux jeunes plantations.

Les pluies qui, après le petit été, reprennent avec force en avril, deviennent excessives en mai, inondent les savanes et les marécages des forêts, et font déborder les fleuves. Elles continuent en juin en s'alternant avec l'éclat d'un soleil brulant ; en juillet, les jours de beau temps se multiplient ; il se produit des orages et la sécheresse s'établit au commencement d'août. Les pluies excessives du printemps ne sont pas très-favorables à la végétation. La terre trop lavée perd de sa fertilité ; une imbibition d'eau excessive pourrit les racines tuberculeuses, et oblige le cultivateur à une surveillance attentive pour combattre l'invasion ou la stagnation des eaux. Le soleil obscurci par les nuages donne à la terre trop peu de lumière. Les mauvaises herbes pullulent outre mesure, et le sarclage, que n'aide pas l'action du soleil, a beaucoup de peine à en contenir le développement. On a peine à faire des récoltes, et à préserver de l'humidité ce qu'on emmagasine.

La sécheresse, qui commence au mois d'août, dure jusqu'en novembre. Il pleut alors rarement, et, s'il survient quelque grain vers le milieu de la journée, il est peu abondant. Le ciel est le plus souvent clair ou plutôt garde un fond serein que parcourent des nuages détachés. C'est le matin et dans l'après-midi qu'il est le plus pur. Au milieu de la journée il est ordinairement demi voilé ou nuageux. La terre se dessèche, mais il y a des rosées abondantes toutes les nuits, et l'air reste chargé de beaucoup de vapeur d'eau latente. Aussi, malgré la sécheresse, le feuillage des arbres garde toute sa fraîcheur, et la terre reste couverte d'une riche verdure. Ce n'est que sur quelques plages sablonneuses qu'on voit l'herbe se sécher en partie. Beaucoup d'arbres entrent en sève à l'ouverture de l'été. Cependant la sécheresse, à mesure qu'elle se prolonge, modère la végétation foliacée des plantes basses, puis enfin l'arrête : elle est favorable à la formation et à la conservation des tubercules farineux. C'est à cette saison que le cultivateur est dans l'abondance. L'été est la saison des défrichements, et c'est à ce titre qu'il est dans l'année agricole une saison principale à la Guyane. C'est à la faveur de la sécheresse qu'on peut, après avoir abattu à la hache les arbres de la forêt, les laisser sécher à terre, puis les incendier, nettoyer le sol et le préparer à porter les plantations. L'été est encore, avec l'automme, propice aux travaux de dessèchement; les terres noyées étant à sec en cette saison. Les sarclages s'opèrent beaucoup mieux que pendant les pluies; les récoltes se font plus commodément.

Après avoir décrit le cours général des saisons, je dois ajouter quelques remarques sur les nuances locales, qui résultent du voisinage immédiat de la mer où d'une situation plus avant dans les terres au milieu des forêts. La côte, là surtout où elle est plate, est sensiblement plus sèche que l'intérieur; le ciel y est plus souvent serein; la pluie y est plus brusque, et plus courte, elle est plus promptement suivie de rayons de soleil; la saison sèche y commence près d'un mois plus tôt et les pluies abondantes d'automne y viennent plus tard. Les grands coteaux boisés et les forêts de l'intérieur provoquent la pluie qui à quatre, six, dix lieues de la côte est manifestement plus abondante. Les grands fleuves semblent aussi multiplier les pluies. Dans l'intérieur, à partir du premier saut des rivières, il y a des brouillards épais le matin. Les pluies se prolongent davantage et le ciel est plus voilé.

On ne sait pas à quelle profondeur dans l'intérieur il faudrait s'avancer pour voir les pluies diminuer. Dans les très-grandes vallées de l'Amérique, à une distance de cent ou deux cents lieues de la côte, le climat est nettement moins pluvieux mais rien n'invite à coloniser à la Guyane à de telles distances. Le voyageur Schomburg a constaté l'absence ou la rareté des pluies d'hiver dans les savanes du Rupununi, affluent de la rive gauche de l'Essequibo; mais là on se rapproche un peu de la région des llanos de l'Orénoque et le climat doit s'en ressentir.

Les orages ne sont ni multipliés ni intenses à la Guyane, on les observe surtout à l'ouverture des pluies et au commencement de la sécheresse. Ils sont plus violents dans l'intérieur aux sources des fleuves.

Le vent soufflé toujours plus ou moins de l'est, variant du nord-est au sud-est. La première direction domine en hiver, la seconde en été. Il ne se produit pas d'ouragans comme aux Antilles.

CONFIGURATION ET NATURE DU SOL

La Guyane a été trop peu parcourue et est trop complètement couverte de hautes forêts pour qu'on puisse parler avec beaucoup de précision de la configuration de son sol. Voici toutefois ce qu'on peut en dire :

La côte est plate et basse. Elle est formée d'alluvions modernes, vaseuses ou sablonneuses, très-peu élevées au-dessus du niveau de la mer, et même dans beaucoup de points, moins élevées que le niveau des grandes marées. Ces terres alluvionnaires forment, sur le littoral, une bande d'une profondeur de deux, trois, cinq lieues. C'est naturellement dans les vallées des fleuves que les alluvions s'avancent le plus loin. Quand on les a dépassées, en pénétrant dans l'intérieur, on trouve des plateaux de sol argilo-siliceux diversement relevés, mêlés de coteaux et de dépressions. Il y en a de si peu élevés qu'ils sont presque de niveau avec les alluvions ; il y en a de plus hauts qui, terminés par de petites pentes raides, semblent le couronnement de chaînes de coteaux. Des coteaux élevés s'avancent çà et là jusqu'au voisinage de la mer, notamment à Cayenne et sur plusieurs points du littoral entre l'Oyapok et le Sinnamary ; en approchant de la Guyane hollandaise, ils s'éloignent et le navigateur qui suit la côte n'aperçoit qu'une terre plate et basse.

En général, les coteaux ont des pentes escarpées. Le sol du pays, quoique présentant de vastes étendues basses et unies, est pour ainsi dire plus brisé que celui de l'Europe, en sorte qu'il y a peu de pentes douces, uniformes et longtemps soutenues, mais plutôt une suite de niveaux plats séparés par des crêtes, des barrages ou des chutes brusques de terrain. Le cours des rivières montre fort nettement ce caractère ; quand on les a remonté de dix ou quinze lieues, on commence à y trouver des barrages de roches qui forment des sauts ou rapides. Au delà d'un ou plusieurs de ces sauts, on retrouve un cours calme et lent, puis de nouveaux sauts quelques lieues plus loin, et ainsi jusqu'à la source. Cette configuration du sol a des conséquences importantes en agriculture. Elle assure partout au cultivateur des terres plates ou médiocrement inclinées pour établir ses plantations, ce qui est important sous un climat où les pluies sont torrentielles et où des pentes fortement inclinées seraient ravinées très-promptement. D'un autre côté, elle gêne l'écoulement des eaux et multiplie les marécages. Il n'est pas de contrée au monde où ils forment une plus forte proportion du pays. On peut estimer qu'ils occupent les trois quarts de la côte, et le quart ou le tiers des terres de l'intérieur. Les alluvions qui, comme partout ailleurs, sont les terrains les plus riches, sont en majeure partie marécageuses, et le cultivateur ne peut mettre à profit leur fertilité qu'au prix de travaux plus ou moins laborieux de dessèchement. Jusqu'au pied des petites montagnes d'où les fleuves tirent leur source, il y a beaucoup de marais et des terres sujettes à être, momentanément au moins, inondées.

La Guyane est, à l'intérieur, sillonnée de beaucoup de chaînes de grands coteaux et de petites montagnes, mais elle n'offre pas de montagnes élevées, ni surtout de ces hauts plateaux étendus dont l'altitude change la température. On y chercherait vainement des montagnes analogues à celles des Antilles, ou un plateau pareil à celui de Caracas. Le célèbre voyageur Schomburg a remonté jusqu'à sa source l'Essequibo, le plus grand fleuve des Guyanes, et il a soigneusement observé la position et les hauteurs successives des chaînes de coteaux et de petites montagnes que l'on rencontre en remontant les rivières de la Guyane anglaise. On peut tirer de son ouvrage des inductions très-plausibles, propres à compléter ce que nous ont appris de l'intérieur de la Guyane française les voyageurs qui ont remonté l'Oyapok et visité le haut Maroni et ses affluents.

Voici le résumé de ses observations :

Les grands coteaux qui, ici se rapprochent de la côte, ailleurs s'en éloignent de huit, quinze ou vingt lieues, ont une hauteur de cent à deux cents mètres ; les petites montagnes qu'on rencontre en pénétrant plus avant atteignent cinq cents à huit cents mètres ; les montagnes des sources des fleuves, qui établissent le partage des eaux entre la mer et le bassin de l'Amazone et de ses grands affluents, peuvent s'élever jusqu'à mille deux cents et mille cinq cents mètres et ne portent pas sur leurs crêtes de plateaux. Ces altitudes sous l'Equateur ne changent pas encore radicalement le climat. Les montagnes sont généralement boisées, surtout au sud ; au nord, vers les sources du Rupununi, du Cuyuni et du Rio-Branco, elles sont plus nues, plus escarpées et ont volontiers leur pied au milieu de grandes savanes.

Les travaux des mines pourront conduire un jour les colons dans les montagnes de l'intérieur et les mener jusqu'aux sources des fleuves ; l'agriculture ne les y conduira pas. Ils ne trouveraient à ces grandes distances ni climat différent, ni salubrité plus grande, ni sol meilleur, et la difficulté des communications par des rivières semées de barrages rendrait l'exportation des produits impossibles. La côte, les premiers coteaux, les vallées des fleuves jusqu'aux premiers sauts ou un peu au-dela, resteront vraisemblablement le domaine des travaux agricoles.

Nature du sol. Il n'est pas plus facile de donner des documents précis sur la nature du sol de la Guyane que sur sa configuration. Forcés toutefois d'en parler, nous chercherons à expliquer par la géologie l'origine des terres arables du pays, et d'un autre côté à en donner, en terminant, une classification simple et pratique.

On divise, avant tout, les terres de la Guyane en terres basses et terres hautes, ce qui équivaut à terres marécageuses et ne pouvant être cultivées qu'après des travaux de dessèchement, et terres sèches et à l'abri de l'invasion des eaux. En partant de cette première division, il faudrait distinguer dans chacune de ces deux catégories des natures du sol très-différentes. Ainsi dans les terres basses, après les alluvions vaseuses de la côte, dépôt séculaire de vase marine mêlée de débris végétaux, nous trouverions des sables mêlés de tourbe et de terreau, dans l'intérieur de simples argiles... dans les terres hautes, nous aurions à distinguer des sols argilo-siliceux, des sables, des sables mêlés de terreau ou de terre, des terres ferrugineuses, des argiles...., etc. Pour donner quelque clarté à ce que j'ai à dire, je dois ne parler du sol qu'après avoir indiqué sommairement la géologie du pays et en rapprochant de la description de chaque sorte de terre l'origine de sa formation. Plus loin, pour satisfaire ceux qui désirent exclusivement des données pratiques, je donnerai une classification des terres basée uniquement sur leur valeur agricole et sur les signes extérieurs les plus faciles à apprécier.

La roche principale de la Guyane est le granite associé au gneiss, ici à nu, là plus ou moins recouvert par des terrains métamorphiques ou anciens, ou déguisé par la décomposition plus ou moins superficielle du feldspath, ailleurs recouvert d'alluvions récentes ou modernes. Des veines de quartz, des pegmatites, des formations étendues et importantes de diorite (grison), se mêlent diversement à la roche principale. Des micaschistes et des schistes plus ou moins durs ou tendres, des quartz, des grès et des conglomérats divers, recouvrent la première formation sur des étendues plus ou moins considérables, particulièrement dans l'intérieur, et plutôt en se rapprochant du Venezuela qu'en se dirigeant vers l'Amazone. La formation (obscure dans son origine et sa disposition) de la limonite, roche à ravet de Cayenne, est abondante sur les coteaux de la côte et dans la première chaîne des montagnes. On la retrouve dans beaucoup de places jusqu'au haut des rivières ; là ou elle manque je ne puis dire si elle ne s'est jamais formée, si elle a été emportée, où si elle est masquée par des alluvions qui l'ont recouverte. Là la limonite est bien franche, exclusivement ferrugineuse et creusée de petites cavités ; ailleurs elle est mêlée de sa sable, de fragments de quartz, d'argile, de feldspath en décomposition, mélanges qui l'altèrent jusqu'à la rendre méconnaissable. Des alluvions anciennes ou modernes, formées de cailloux brisés, ou brisés et roulés, d'argile et de sable, sont plus ou moins mêlées aux formations géologiques anciennes ; remplissent des vallées ou des dépressions du sol.

En général, soit en raison du climat, soit en raison de leur composition minéralogique, le feldspath des roches, surtout des pegmatites, des granites et des gneiss, se décompose aisément.

Les terres qui proviennent directement et sur place de la désagrégation des granites et des gneiss, sont très-médiocres. (Dans tous les pays du monde il en est ainsi. En France, elles constituent des sols froids, réclamant de la chaux et de fréquents engrais pour produire.)

Les pegmatites forment, à la Guyane, des terres encore plus mauvaises ; l'argile qui en dérive étant plus massif et manquant de petits grains de quartz qui le divisent.

Les terres provenant des Diorites de la Guyane sont beaucoup meilleures. La grande quantité de fer que ces roches contiennent, la plus grande résistance de leur feldspath à la décomposition, les rendent propres à former un sol plus riche et plus perméable.

Je présume que les terres dérivées des schistes sont souvent médiocres.

Les sols formés par les micaschistes semblent meilleurs, sans cependant être très-fertiles. L'abondance du mica, du sable quartzeux, des petits fragments de roches diverses, les rend propres à filtrer l'eau assez bien ; qualité très-précieuse sous un climat trop pluvieux. Sous un climat plus sec, ces terres pourraient être réputées mauvaises. Le docteur Sigaud les note comme infertiles dans les provinces méridionnales et centrales du Brésil.

La roche à ravet franche, limonite ferrugineuse, creusée de petites cellules et point trop compacte, fournit par son détritus un sol excellent. Elle est à Cayenne l'origine de ce qu'on appelle les bonnes terres ferrugineuses.

Un sous-sol de cailloux fragmentés, peu ou point empâtés d'argile, est avantageux parce qu'il facilite la filtration des eaux. La fertilité de la terre qu'il porte dépend du reste de la nature des roches qui ont fourni ces fragments.

Les argiles pures donnent de mauvaises terres. (Je parle bien entendu des argiles proprement dites et non des vases ou limons, qui sont dérivés du lavage des argiles et en ont souvent la consistance, mais qui doivent au mélange de particules organiques végétales et animales une grande fertilité.)

Les argiles mêlées d'un sable abondant, de fer, de mica et de débris de roches, donnent des terres passables ou bonnes.

Les sables purs ne forment par eux-mêmes qu'un sol médiocre ; mais, s'ils sont mêlés d'une quantité suffisante de terreau végétal, ils peuvent fournir des terres bonnes ou excellentes. On préfère de beaucoup, à Cayenne, les sables à gros grains aux sables très-fins.

Les alluvions modernes sont appréciées de l'agriculture en raison de leur richesse en débris organiques. La juste proportion de leurs éléments minéraux est un élément déterminant de leur fertilité.

Au premier rang, il faut placer les dépôts de vase marine, qui forment les bonnes terres basses de la Guyane ; terres grasses et compactes, mais d'une inépuisable richesse.

Après elles, on peut placer les terres basses tourbeuses, placées derrière les précédentes entre elles et les plateaux de l'intérieur ; puis les terres basses argileuses, formées plutôt par les alluvions d'eau douce que par les vases marines.

Les sables mêlés de beaucoup de terreau ; les sables mêlés d'une juste proportion d'argile et de débris de roches contenant une suffisante quantité de débris organiques, forment encore sur la côte et dans les vallées des fleuves, des terres d'élite que les agriculteurs intelligents distinguent et recherchent.

Comme je l'ai déjà dit, les terres d'alluvion sont le plus souvent marécageuses ou tout au moins sujettes à être inondées; leur valeur dépen 1 donc autant des facilités qu'elles présentent pour être desséchées, que de leur richesse chimique.

Le peu d'explications que j'ai données sur la géologie de la Guyane, fera aisément comprendre au lecteur combien son sol diffère profondément de celui des Antilles, comme de la plupart des îles situées dans l'espace intertropical, et de celui de l'Europe occidentale. Nous ne trouvons, en effet, ni les roches volcaniques, laves, roches poreuses, basaltes, matières minérales qui fournissent des sols arables excellents et qui abondent aux Antilles, à la Réunion, aux Célebes, en Océanie, aux Canaries, à Naples, etc., etc., ni ces calcaires d'une époque géologique peu ancienne qu'on rencontre dans la plupart des Antilles.

Nous n'y trouvons pas davantage cette suite si nombreuse de terrains qui, dans l'Europe occidentale, séparent les anciens terrains de sédiment des alluvions modernes et offrent à la culture des sols calcaires, marneux, ou mêlés de calcaire, d'argile et de sable, riches et doués d'aptitudes variées.

Mais sans nous occuper davantage de ces digressions dans le domaine de la géologie agricole, revenons aux terres de la Guyane, et cherchons à en présenter une classification simple et pratique.

Il faut d'abord les diviser en terres basses et en terres hautes ; c'est-à-dire en terres marécageuses, noyées, ou sujettes à l'invasion prolongée des eaux, et terres sèches et élevées au-dessus du niveau des eaux.

Parlons d'abord des terres basses, qui sont la partie la plus riche du sol de la Guyane, le lieu d'élection des grandes opérations agricoles.

Parmi elles nous distinguerons immédiatement les *alluvions de la côte et des embouchures des fleuves,* formées de vase marine accumulée, mêlée de débris végétaux enfouis, diversement traversées ou limitées par des bancs de sable, et *les terres de l'intérieur,* simples alluvions fluviales, formées de sable et de terreau, d'argile ou d'un mélange d'argile et de sable plus ou moins mêlé de débris organiques. Les premières sont celles qui constituent proprement les terres basses de la Guyane, celles qui jouissent d'une inépuisable fécondité et se prêtent à un facile desséchement.

Le lavage des plateaux de l'intérieur par les pluies porte sans cesse à la mer, surtout lorsque les rivières débordent, de l'argile mêlée à beaucoup de débris organiques et à du sable. Ces matières s'accumulant sur la côte ont constitué des bancs, et surtout de puissants glacis de vase sur lesquels beaucoup de poissons et de petits animaux marins établissent leur demeure. Le mouvement de la mer forme de ces bancs des attérissements qui plus souvent s'exhaussent et se couvrent de forêts de palétuviers, plus rarement sont envahis de nouveau et minés par les eaux après avoir émergé. En voyant sur la côte de la Guyane, à une assez grande distance de la mer, des bancs de coquilles, je ne serais pas surpris que cette côte n'ait subi un très-léger exhaussement, du à des causes géodésiques intérieures, comme il est arrivé sur tant de points du globe, circonstance qui a du faire émerger subitement une grande étendue d'alluvions. En dehors de cette cause, les terres basses actuelles tendent sans cesse à s'exhausser un peu par les débris végétaux qui s'y accumulent et les dépôts nouveaux de limon, qui s'y forment, surtout pendant la sécheresse, lorsque les eaux troubles de la côte inondent dans les grandes marées les marécages, en remontant dans l'embouchure des fleuves. Les sables se sont déposés le plus souvent en bancs longs et étroits, exhaussés de 2 ou 3 mètres, parallèles au rivage ; les vases sous forme de vastes nappes, unies, inférieures au niveau au moins des grandes marées, très-légèrement inclinées de l'intérieur vers la mer, terminées cependant par un petit bourrelet un peu saillant au bord des fleuves ou du rivage. Dans la formation des terres basses de la côte l'argile de l'intérieur, de sa nature peu fertile, a pris par le mélange des matières organiques et le séjour à la mer une haute fertilité. C'est la même formation que celle des polders de la Hollande, et le procédé par lequel les colons de Surinam ont employé les dessèchements est celui qu'on employait dans leur mère patrie. Le sol des bonnes terres basses est gris foncé, bruni à la surface par le mélange du terreau; il est gras et compact, se durcit en été, et pendant les pluies est mou et liant. Beaucoup de débris végétaux y sont enfouis par couches stratifiées, et, quand on y creuse des fossés, l'ouvrier quitte quelquefois la pelle (sorte de bèche), pour prendre la hache et couper des troncs d'arbres enfouis et comme enchassés dans le sol. C'est aux embouchures des fleuves, et jusqu'à six, huit, dix lieues en les remontant, qu'on trouve les terres basses vaseuses; plus haut les terres marécageuses ne sont plus de la même nature, et le niveau des eaux, pendant les débords, restant plusieurs jours sans baisser, elles ne comportent plus les mêmes procédés de dessèchement.

Nous renvoyons au livre spécial et éminemment pratique de Guisan pour une plus ample description des terres basses et des variétés qu'on y distingue. L'illustre auteur veut que la vase soit bleue ou gris bleuâtre, homogène, douce, se coupant par tranches parfaitement unies, capables de se dissoudre dans l'eau par suspension; qu'en approchant de la surface du sol elle soit dans une profondeur de 0,30^m brunie par le mélange intime de terreau et qu'à la surface même elle porte une couche de terreau d'une épaisseur suffisante sans être excessive. Il remarque que ce terreau de la surface manque dans les terres les plus accessibles à l'eau salée, couvertes exclusivement de palétuviers; qu'il est abondant dans les endroits qui y sont peu ou point accessibles et qui portent des forêts ou les palmiers Pinots sont nombreux.

Pour lui, les *terres de première qualité* reposent sur une vase bleue homogène et onctueuse;

Celles de *seconde qualité*, peu inférieures aux premières, sur une vase grise ou gris-noirâtre;

Les terres de *troisième qualité* sont moins homogènes et moins onctueuses, et sont sensiblement au-dessous de la fertilité des précédentes;

Les terres basses, de *quatrième qualité*, qu'on doit regarder comme tout-à-fait inférieures, sont tourbeuses ou argileuses (argile rouge ou veiné de rouge).

En raison même de leur formation, les terres basses de la côte sont plus ou moins imprégnées de sel. Elles en contiennent d'autant plus qu'elles sont plus proches de la mer et plus accessibles aux eaux salées; d'autant plus qu'elles ont été plus récemment desséchées et que les pluies et l'enlèvement des premières récoltes ont encore moins travaillé à en atténuer la salure.

Elles contiennent encore d'autres principes chimiques et notamment des matières sulfureuses. Un fragment de terre retiré d'un fossé et séché au soleil présente souvent dans la saison sèche des efflorescences salines et exhale une odeur de soufre. L'abondance des matières sulfureuses est préjudiciable aux cultures. On a vu des plantations, notamment sur la rive gauche du Mahury, et au Tour de l'île, donner pour cette raison de mauvais résultats. On dit que la prédominance du palétuvier rouge, *Rhizophora mangle* est un indice de terres sulfureuses, et on préfère les sols où domine le palétuvier blanc (*Avicennia nitida*).

Quoique les débris de bois enfouis soient généralement une cause de fertilité, on voit souvent les couches qui en sont formées présenter une couleur noire et exhaler une odeur sulfureuse. En cet état elles sont plutôt préjudiciables au sol qu'avantageuses, la terre qui en est mêlée, rejetée sur les digues, lorsqu'on creuse des fossés, reste quelque temps avant de se garnir d'herbe.

Sur quelques points, du sable est mêlé aux terres basses, ce n'est pas un désavantage lorsque la vase est d'une bonne nature. Trop de sable cependant pourrait gêner l'entretien des fossés et en rendre la dégradation facile.

On trouve fréquemment à Surinam, et rarement à Cayenne, quelques bancs de coquilles brisées enclavés dans les terres basses, quelquefois ils peuvent gêner pour le tracé d'un fossé ; mais d'un autre côté ils peuvent fournir un amendement utile et servir à divers usages.

Exposés à l'air après leur mise en culture, les terres basses changent d'aspect. Le terreau de la surface s'affaisse et se consume, la couleur gris-bleue de la vase tirée des fossés pâlit promptement et se change en un gris clair.

Je me suis peut-être un peu trop appesanti sur la description des terres formées par les vases marines, à cause de leur g and intérêt agricole. Je passerai plus rapidement sur les autres sols, qui sont loin de présenter le même intérêt.

Les terres basses tourbeuses se trouvent surtout dans les savanes noyées en s'éloignant de la mer et de la rive des cours d'eau. C'est d'elle que l'on dit à la Guyane anglaise, qu'entre les alluvions vaseuses mises en culture de la côte, et les forêts de l'intérieur s'étendent des bancs épais de tourbe des tropiques ou *pegass* (Catal. Guy. angl.). Guisan dit qu'au premier aspect on croirait volontiers qu'elles seraient bonnes, parce qu'elles ont une couleur noire et qu'elles abondent en débris végétaux ; mais, comme elles manquent de ce limon onctueux qui caractérise les bonnes terres basse, elles n'ont pas de vraie et durable fertilité. Après quelque temps de culture, le sol en devient sec et poreux, et les plantes n'y végètent plus bien.

Les sables imprégnés d'un terreau noir, qui forment le sol de beaucoup de savanes marécageuses, tiennent de la nature de ces terres tourbeuses, et ce terreau noir, qui s'est formé sous l'eau, n'a pas une grande valeur fertilisante.

Les terres basses argileuses sont celles où le sol est constitué par les argiles de l'intérieur du pays et non par l'accumulation des vases marines. Elles n'ont généralement qu'une fertilité médiocre et éphémère ; en outre elles se tassent beaucoup, après le défrichement, et se durcissent excessivement.

Les terres basses de l'intérieur du pays, et on sait qu'on en rencontre jusqu'à la source des fleuves, sont peu connues. Elles se rapporteraient en général aux types suivants:

Sable mêlé de terreau;

Argile mêlé de plus ou moins de débris végétaux;

Mélange de sable, d'argile et de débris de rochers réduits en gravier, plus ou moins riche en débris végétaux.

Le premier et le troisième type seraient les meilleurs.

On peut assurer toutefois que leur fertilité serait très-inférieure à celle des alluvions vaseuses de la côte. Il est probable que l'on pourrait cependant en tirer au moins pendant quelques années de bonnes récoltes, mais la difficulté de les sécher sera un grave obstacle à leur mise en culture.

Peut-être pourrait-on quelquefois en assainir d'importantes surfaces en perçant une ouverture dans un barrage de roche, qui gêne l'écoulement des eaux d'une crique ou d'une rivière. Mais on n'a pas encore exécuté de tels travaux. Là où on ne pourrait appliquer ce procédé, il faudrait ou employer des moyens d'épuisement dans la saison des débords, ou relever le sol en bandes saillantes par de grands travaux de terrassements pour planter les arbres sur les saillies: tous travaux dispendieux et d'un profit douteux.

J'arrive aux terres hautes:

Les plus fertiles sont les sables riches en terreau, et les bonnes terres ferrugineuses;

Ensuite viennent quelques sables contenant un peu d'argile et de petits fragments de roches, et les terres grises et gris noirâtre qu'on trouve en approchant du premier saut des rivières;

En dernier lieu, il faut placer les terres où l'argile domine.

Soit que la couleur en soit blanche, jaunâtre ou un peu rougeâtre ; elles sont généralement mauvaises.

Les sables riches en terreau forment quelques bancs d'une étendue de dix, cinquante, cent hectares, disséminés dans les savanes ou dans la vallée des grandes rivières. Il faut que le sable soit de grains assez gros, qu'il soit mêlé de terreau jusqu'à une profondeur en terre de quarante ou cinquante centimètres, que le terrain soit bien relevé au-dessus du niveau des eaux, et autant que possible qu'il n'ait pas un sous-sol imperméable. Dans ces conditions, ce sont de très-bonnes terres, fertiles, filtrant bien l'eau et se travaillant facilement. Il faut dire cependant qu'en quelques années de culture le terreau y diminue beaucoup et que d'un autre côté il est rare de trouver des étendues importantes d'un tel sol. On en voit toutefois, et particulièrement à Macouria et dans la vallée du Maroni.

Les bonnes terres ferrugineuses sont celles qui dérivent de la désagrégation de la roche à ravet franche (limonite ferrugineuse) ; leur couleur est d'un brun chocolat ; elles sont perméables et ne forment pas de pâte argileuse compacte. On trouve de tels sols aux îles du Salut, sur plusieurs points de l'île de Cayenne, particulièrement sur la côte de Rémire, à Roura, sur les montagnes de la Gabrielle et de Kaw, autour de Guatemala, à Kourou... etc., etc. En approchant de la Guyane hollandaise, on ne les trouverait, je crois, qu'assez avant dans l'intérieur, à quinze lieues au plus de la côte. Souvent elles recouvrent les flancs de coteau, dont le pied repose sur des terres argileuses, en sorte que par une sorte d'anomalie aux lois habituelles, les coteaux sont fertiles et, à leur pied, la plaine, ou de petits vallons qui les séparent, sont d'un sol stérile. Il ne faut pas confondre les terres ferrugineuses que je décris avec les argiles colorées en rouge par une certaine quantité d'oxide de fer. Souvent les bonnes terres ferrugineuses reposent sur de grosses roches de diorite qui percent le sol. Cela ne nuit point à leur fertilité, et à la Guyane plus que partout ailleurs on peut dire : mieux vaut une bonne nature de terre, si mêlée qu'elle soit de pierres et de roches, que des sols froids et profonds.

Les terres grises ou gris-noirâtre qu'on trouve en approchant des premiers sauts, quoi qu'inférieures aux précédentes, sont d'assez bonne qualité. On y trouve un sable quartzeux abondant et beaucoup de paillettes de mica; elles ne contiennent qu'une proportion modérée d'argile, et, sur premier défriché, ont suffisamment de terreau. On trouve ces terres, souvent en plateaux étendus, au voisinage des premiers sauts, et on en retrouverait probablement entre les sauts du cours supérieur des rivières.

Les sables mêlés d'argile et de petits fragments de roches tiennent plus ou moins des terres déjà décrites; on doit préférer ceux ou ces fragments sont de roche à ravet et de grison.

On doit regarder comme d'une valeur médiocre toutes les terres argilo-sableuses. Sous une couche mince de terreau, on y trouve un sol qui se pétrit entre les doigts comme l'argile et dont la couleur la plus habituelle est un jaune pâle, quelquefois un jaune rougeâtre. On en trouve aussi de blanc et de gris pâle. Si belle que soit la forêt qui recouvre une telle terre, il faut la regarder comme mauvaise, et ne se servir d'elle que pour obtenir quelques récoltes de vivre sur premier défriché. Malheureusement ce sol couvre, à la Guyane, de très-grands espaces. On le trouve disposé en grands plateaux et aussi couvrant les flancs de colline. Il est le genre de terre le plus commun dans le pays.

J'ai décrit les types de terre les plus tranchés, mais évidemment il y a une foule de transitions des uns aux autres. Ainsi les sables riches en terreau, qui sont de très-bonnes terres, passent à ceux qui en contiennent peu, et ceux-ci aux sables purs qui sont de très-mauvais-sols. Les bonnes terres ferrugineuses surtout se dégradent par une suite de transitions, en se mêlant d'argile et de sable, et finissent par conduire à des sols médiocres. L'agriculteur qui connaît bien les types purs, jugera facilement les intermédiaires qui proviennent de leur mélange.

En général, à la Guyane, pour bien apprécier une terre, il faut se préoccuper beaucoup de sa perméabilité et de son aptitude à bien écouler les eaux; à cet effet, on examinera attentivement le sous-sol, la pente, l'exudation des eaux de source au pied des coteaux, le plus haut niveau des débords.

Les sols qui contiennent une certaine proportion d'argile durcissent beaucoup en été, mais les premières pluies les ramollissent singulièrement.

Quand on a pu leur donner, sur de petits espaces, une bonne façon, ils en conservent longtemps le bénéfice, et telle terre où l'argile paraissait prédominer, paraît après plutôt sableuse.

Tout sol où le terreau, quand il est couvert de forêts, n'est que superficiel, doit être réputé médiocre. Il faut n'accorder confiance qu'aux terres où l'on trouve du terreau jusqu'à une profondeur de 40 ou 60 centimètres.

Les terres qui se couvrent de forêts valent toujours mieux que celles des savanes.

La persistance avec laquelle repousse le bois lorsque la culture est abandonnée, est un bon signe: toute terre haute qui, en telle circonstance, se couvre d'herbe et surtout de iapé (*imperata kœnig i*) doit être jugée mauvaise.

Toute terre haute où pendant plusieurs années de suite on a pu planter des bananiers doit être jugée excellente.

Le manioc lui-même peut servir à juger, même sur premier défriché, de la fertilité du sol, si on observe la hauteur qu'il atteint en un an et surtout la force que prend sa tige ligneuse; sur une bonne terre elle prend trois fois le même diamètre que sur une mauvaise.

Il ne faut pas s'exagérer la valeur des terres de la Guyane, au moins des terres hautes. Elles sont certainement moins riches que celles de la vallée des Amazones et des vallées de la Nouvelle-Grenade. En outre, le climat trop pluvieux du pays les épuise rapidement.

Je résumerai en un tableau la classification des terres de la Guyane :

Terres hautes	De la côte	Alluvions de vase marine..	Très-fertiles
		Terres tourbeuses........	Passables
		Terres argileuses.........	Médiocres
	De l'intérieur	Sable mêlé de terreau....	Passables ou assez [bonnes
		Mélange de sable, d'un peu d'argile et de fragments de roches	Passables ou assez [bonnes
		Argile	Mauvaises ou médiocres
Terres basses		Sables riches en terreau............	Fertiles
		Terres ferrugineuses, provenant de la décomposition de la roche à ravet franche	Fertiles
		Terres grises, mélange de sable, de petits fragments de roche, de mica et d'un peu d'argile	Assez bonnes
		Terres argilo-sableuses (jaunes, rougeatres ou blanches)	Médiocres
		Sables purs...................	Médiocres ou mauvaises, surtout si le sable est très-fin
		Argiles pures................	Mauvaises

DISTRIBUTION DES EAUX

En raison de l'abondance de ses pluies et de la configuration de son sol impropre à un écoulement rapide des eaux, la Guyane est un pays très-marécageux. L'agriculture a sans cesse à s'y préoccuper de défendre les plantations contre l'invasion et la stagnation des eaux. Je parlerai successivement des rivières et des marécages.

Des rivières. — Sur un développement de côtes de 70 lieues, la Guyane française offre 8 grandes rivières, dont la plus forte, le Maroni, dépasse certainement la puissance de la Loire. Le nombre des ruisseaux, dans les coteaux de l'intérieur, est tel que j'estime qu'ils y coulent à une distance moyenne de 2 kilomètres. Le réseau hydrographique du pays est donc beaucoup plus riche que celui de l'Europe. Ainsi que je l'ai dit, les rivières, les ruisseaux ne coulent pas d'un cours uniforme et régulier ; des barrages de roches nombreux les coupent et on ne peut remonter les fleuves ou les ruisseaux sans rencontrer un grand nombre de rapides, des cascades ou de sauts d'une hauteur de trois, dix, vingt mètres. La présence d'un saut dans une rivière indique en général que la vallée y traverse une chaine de coteaux ou de petites montagnes. Les premières cascades sont à une distance de la côte en ligne droite de sept, dix, dix-huit lieues ; en suivant les sinuosités du cours d'eau, de douze, quinze, vingt-deux lieues. Dans les plus grands cours d'eau le premier saut est plus éloigné de la côte, mais souvent, avant d'arriver à lui, on peut constater par des sondages l'existence de barrages de roches submergées. Il résulte de cette disposition un ralentissement du cours des eaux, qui pendant les pluies les force à inonder au dessus de chaque barrage de vastes espaces, et qui, dans la saison sèche, permet aux rivières de conserver de l'eau dans des sortes de bassins où elle a peu ou presque point de mouvement.

Au voisinage de la mer et jusqu'à huit ou dix lieues de l'embouchure, le mouvement des marées règle le cours des fleuves. Lorsque la mer perd, le fleuve coule et décroît ; lorsque le montant revient le courant se renverse, et les eaux douces refoulées gonflent et remontent. Il y a environ trois heures de retard entre la basse mer et le plus bas niveau des eaux du fleuve à dix lieues de l'embouchure. Dans ce reflux les eaux salées ne s'avancent pas bien loin ; elles ne pénètrent guère, même dans la saison sèche, que jusqu'à deux ou trois lieues, dans les grandes rivières cinq ou six.

Les eaux troubles, c'est-à-dire tenant en suspension de la vase marine, s'avancent environ du double pendant les basses eaux. Le refoulement des eaux douces se prononce au contraire jusqu'à huit ou douze lieues ; dans la sécheresse il se produit jusqu'au pied du premier saut. A cette époque les eaux troubles de l'embouchure déposent un épais limon sur les terres qu'elles inondent. A la saison des grandes pluies et des débords le cours des rivières près de leur embouchure devient trois fois plus rapide et le renversement du cours à la marée montante ne se produit plus qu'à une petite distance de leurs bouches, deux, trois, cinq lieues. Elles ne débordent toutefois pas, parce que la mer offre un écoulement facile à leurs eaux.

A la Guyane, où l'agriculture a concentré ses principaux efforts à l'embouchure des fleuves, le mouvement des eaux, leur crue ou leur baisse, ont un intérêt majeur pour le cultivateur. L'invasion dans les grandes marées des eaux salées serait très-pernicieuse, particulièrement pour les cultures de Canne; les débords et le gonflement permanent des eaux sont aussi redoutables, soit que les eaux s'élèvent assez pour envahir les terres, soit que le fleuve se maintenant simplement au même niveau sans baisser à chaque perdant, le jeu des coffres à soupapes ne puisse s'effectuer et que les fossés des cultures de terres basses ne puissent déverser leur eau. C'est à huit ou dix lieues de l'embouchure que cet effet des doucins peut commencer à se produire.

Le fond des rivières et des ruisseaux est généralement de vase vers la côte, quoiqu'on y trouve aussi des bancs de sable, surtout dans les plus grands cours d'eau; plus avant dans l'intérieur il est de sable, de gravier, ou de roche.

En général les berges sont très-basses; de vastes surfaces de terres marécageuses ou sujettes à être submergées s'étendent sur les rives.

Au-dessus du premier saut, les rivières cessent d'éprouver l'effet des marées, et en même temps deviennent sujettes et à baisser beaucoup dans la sécheresse et à déborder au loin pendant les grandes pluies. Ces alternatives d'eaux très-basses et très-hautes sont plus marquées encore quand on a franchi plusieurs sauts. On estime que dans les doucins ou grandes crues l'eau peut monter de huit et dix mètres. Les berges sont plus hautes et souvent taillées d'une manière abrupte dans la partie supérieure des rivières. Cependant, quand on met pied à terre, on trouve fréquemment un marécage entre un premier bourrelet de terre sèche où l'on est descendu et le pied des coteaux.

On n'a pas de données précises sur l'élévation que prend le niveau des fleuves à mesure qu'on les remonte, dans la dernière expédition faite au Maroni, le niveau du fleuve qu'on avait remonté pendant vingt jours était estimé à environ soixante-dix mètres (sans doute quelque distance au-dessus de l'embouchure de l'Araoua ou Awa (*feuille Guy*).

Schomburg paraît estimer à deux ou trois cents mètres d'altitude les savanes situées au pied des montagnes dans lesquelles les plus grands fleuves de la Guyane anglaise prennent leur source. Évidemment plus le fleuve est grand, plus sa vallée est généralement profonde et plus lentement le niveau s'élève quand on le remonte. L'effet des marées qui se fait sentir à la Guyane jusqu'à quinze ou vingt lieues de l'embouchure est sensible dans l'Amazone jusqu'à deux cents lieues. Je croirais volontiers que le niveau des rivières de même volume d'eau s'élève plus vîte à la Guyane qu'en France, mais les nombreux barrages qu'elles présentent sont un obstacle à l'écoulement des eaux.

En général, la couleur des eaux est plus ou moins brunâtre. Dans les petits cours d'eau ombragés par d'épaisses forêts l'eau, quoique limpide, est d'un brun noirâtre quand on la voit sur une certaine profondeur. L'eau des savanes, quand elles débordent, est également noire. Cette coloration est due, vraisemblablement, à la dissolution ou à la suspension d'une certaine quantité d'humus ou de corps chimiques analogues résultant de la décomposition de débris végétaux ; les eaux charrient aussi des particules ferrugineuses. L'eau des grandes rivières est beaucoup plus claire là surtout où le fond est de sable. Humboldt, comparant le bassin de l'Orénoque à celui du Rio Negro et de l'Amazone, remarque que les eaux sont ici blanches, là noirâtres. Les premières sont plus poissonneuses. Dans les débords, les rivières de la Guyane charrient une certaine quantité d'argile diversement coloré et des débris organiques nombreux.

Des marécages. — Je n'estime pas la proportion des terres

marécageuses à moins des trois quarts du sol sur le littoral. à moins d'un quart du sol dans l'intérieur. Cette proportion dépasse tout ce que l'on peut observer dans les pays tempérés.

Il semble que les marais doivent en général leur cause :

A la trop faible hauteur des berges des cours d'eau ;

Au trop peu de déclivité du sol et *à l'existence de barrages et de légers bourrelets* de terrain qui empêchent ou au moins entravent l'écoulement des eaux ;

A l'infiltration souterraine des eaux de source qui, au pied des coteaux, viennent suinter en imbibant au loin le sol.

Etudions ces trois causes.

Tout le littoral de la Guyane est extrêmement bas. La mer haute est presque de niveau avec le petit bourrelet de sable qui forme la côte, et elle est à ce moment plus élevée que les savanes qui s'étendent derrière ce bourrelet. Aux embouchures des fleuves elle inonde au loin les vases où croissent les palétuviers et la plus grande partie des savanes. Il y a donc sur la côte une forte partie du sol où le niveau est inférieur soit à la haute mer, soit au niveau de la partie inférieure des fleuves gonflés pendant la haute mer. Plus avant dans l'intérieur, surtout au-dessus des sauts, les berges sont plus hautes et d'un sol plus ferme ; mais telle est la puissance des crues que de vastes espaces sont inondés pendant les pluies.

L'accumulation des eaux pluviales sur des terres sans déclivité suffisante, ou gênées pour l'écoulement des eaux par des bourrelets de terrain ou des barrages, s'observe dans les savanes et dans la vallée de la plupart des ruisseaux qui coulent dans les forêts. Les pluies d'automne et les premières pluies d'hiver même mouillent la terre sans la submerger, mais quand se produisent les grosses pluies qui font déborder les fleuves, alors les savanes se couvrent de trente à cinquante centimètres d'eau ; à leur centre d'un mètre ou plus ; de vastes espaces dans les forêts sont envahis par vingt ou quarante centimètres d'eau et restent ainsi inondés pendant six ou huit mois.

La troisième cause, l'imbibition par les eaux souterraines,

exerce à la Guyane une grande influence sur la production des marais. Bien souvent j'ai remarqué au pied des coteaux un sol marécageux à une hauteur de plus d'un mètre au dessus d'un cours d'eau très-voisin. Si l'on creusait un peu cette terre humide, on voyait sortir l'eau de source, qui coulait rapidement à la rivière quand on lui avait ouvert un canal.

C'est à mesure que le pays sera découvert par l'agriculture, qu'apparaîtront les causes de mauvais écoulement des eaux, et qu'on verra quels travaux d'art peuvent y remédier.

Non-seulement l'abondance des pluies, cinq fois plus considérables que celles de France, et la configuration du sol créent à la Guyane d'immenses marécages; mais la nature géologique même du sol tend à en favoriser la formation. La facilité avec laquelle il se délite et se délaie par l'action des pluies, produit ces transports de terre qui exhaussent et comblent le lit des cours d'eau. Les couches en sont peu perméables, et quand la surface laisse passer la pluie, à peu de profondeur une couche plus compacte l'arrête et la déverse à son affleurement. Dans le nord et le centre de la France, les terrains granitiques, métamorphiques et de transition, abondent en sources et on y rencontre des prairies marécageuses même sur des pentes très-inclinées.

———▷—✕—◁———

VÉGÉTATION SAUVAGE

Je dois dire quelques mots de la végétation naturelle de la Guyane; elle intéresse à plusieurs égards l'agriculture. Dans le défrichement le cultivateur détruit les plantes sauvages et les remplace par les végétaux cultivés; dans le sarclage il combat la repousse de mauvaises herbes qui, s'il les laissait croître, nuiraient à ses plantations, les étoufferaient même. Enfin le paturage utilise l'herbe naturelle pour l'entretien du bétail.

La végétation de la Guyane est surtout arborescente; le

pays n'est en quelque sorte qu'une forêt, dans laquelle les savanes ou prairies naturelles ne marquent que quelques étroites éclaircies, la plupart sur la côte, quelques-unes aux sources des rivières. Sous le climat équatorial, de grands arbres sont appelés à couvrir le sol, quelle que soit sa nature. Les terrains marécageux, les vases salées, les sables stériles, les collines escarpées et rocheuses portent des arbres aussi bien que les plateaux de terre franche, les pentes douces et les terres d'alluvion des vallées. Au bord des rivières il pousse des arbres, non-seulement jusqu'au bord de l'eau, mais jusque le pied dans l'eau. Il en croît sur le bord de la mer, au point où la vague meurt. Ces forêts sont composées d'essences très-variées; peut-être d'un millier d'espèces différentes. Les vases salées portent trois ou quatre arbres différents, dits palétuviers; les marécages d'eau douce ont un assez grand nombre d'essences; les plateaux et les versants des coteaux un plus grand nombre encore. La forêt est très-serrée et très-haute; les grands arbres atteignent trente et trente-cinq mètres; à côté d'eux des arbres de moyenne taille (espèces particulières ou jeunes pieds des grandes essences), croissent en grand nombre et s'élèvent à quinze, vingt, vingt-cinq mètres; sous ceux-ci poussent des arbustes et de jeunes plants d'arbres. Des plantes sarmenteuses ou lianes grimpent jusqu'au sommet des arbres et courent de l'un à l'autre; des touffes de plantes parasites croissent sur leur tronc et leurs branches. Un nombre assez limité de plantes herbacées végètent sous ces ombrages. Aucun de ces végétaux n'est connu en Europe. Presque tous appartiennent à d'autres familles, ou, dans la même famille, à d'autres tribus. Beaucoup ont un port particulier, qui frappe le voyageur. Les arbres sont surtout des légumineuses de toute tribu, des chrysobalanées, des laurinées, des artocarpées, des sapotacées, des myrtacées, des mélastomes, des bombacées, des corossols, des guttifères, des sapindacées, des thérébinthacées, des rubiacées, des palmiers. Les lianes sont des bignoniacées, des ménispermées, des passiflores, des légumineuses, des sapindacées, des malpi-

ghiées, des cucurbitacées, des aristoloches, des convolvu-
lacées, des dioscoréa. Les parasites sont des orchidées, des
bromélia, des aroidées, des fougères. Dans les plantes peu
élevées dominent les graminées, les cypéracées, les fougères,
les scitaminées, les pipéracées, les euphorbiacées, les solanées,
les verbénacées, les acanthacées, les scrophulariées, les
rubiacées, les composées, les mélastomes, les onagrariées, les
légumineuses, les malvacées, les capparidées. On voit, ou
manquer absolument, ou n'être représentées que par deux ou
trois espèces, plusieurs des familles qui dominent en Europe,
comme les renonculacées, les cruciferes, les caryophyllées,
les rosacées, les ombellifères, les amentacées, les conifères,
les liliacées, les joncées. En général, la végétation de la Guyane
ressemble dans ses formes générales à celles de toutes les
terres équatoriales, et même à celle de tous les pays situés
entre les tropiques, dont le climat est pluvieux. Elle diffère,
au contraire, beaucoup de la végétation des pays chauds ou
assez chauds, mais secs, comme l'Australie, le Cap, les plateaux du Mexique, le Chili, le Sahara. Elle diffère radicalement,
comme je l'ai dit, de la flore des régions tempérées. Ces
diversités se rattachent à des lois très-importantes de physio-
logie générale.

Quand on a détruit la forêt, la terre se couvre de plantes
herbacées ou sousfrutescentes, dont les graines, cachées dans
le sol, n'attendaient que plus d'air et de lumière pour se
développer. Ces plantes qui végètent rapidement, en même
temps que des repousses d'arbres et de lianes, exigent dans
les cultures de nombreux sarclages. Quand le sol, après quelques récoltes, est abandonné à lui-même, elles en forment
pendant quelque temps la végétation ; puis des arbres
poussent, se multiplient, et la forêt se reconstitue sponta-
nément, étouffant sous son ombrage les plantes herbacées.

Les savanes sont couvertes d'herbes, ici hautes et dures, là
plus fines et plus courtes. Les graminées et les cypéracées y
dominent. En général, l'herbe en est d'une qualité très-
médiocre. La plupart sont marécageuses et même noyées
pendant une partie de l'année.

J'aurai à revenir longuement sur les savanes et les herbes qui y dominent, en parlant des pâturages, à revenir sur les essences forestières en traitant de l'exploitation des bois.

NOTE

Depuis douze ans que j'ai quitté la Guyane et que j'ai commencé à écrire ce livre, la connaissance de l'intérieur du pays et de sa géologie ont fait des progrès. L'exploitation des gisements aurifères a attiré les explorateurs dans la partie moyenne et même supérieure du cours des rivières. Le sol a été, non-seulement vu à la surface, mais fouillé et creusé, à une faible profondeur cependant.

Une expédition d'exploration a visité les sources du Maroni sous le gouvernement de M. de Monravel, en 1861. M. Vidal, lieutenant de vaisseau, qui la dirigeait, en a publié le récit dans la Revue maritime et coloniale, nos de juillet et août 1862.

www.ingramcontent.com/pod-product-compliance
Lightning Source LLC
LaVergne TN
LVHW012309050726
842524LV00004B/1300